¿Por qué debo... lavarme los dientes?

Jackie Gaff

Fotografías de Chris Fairclough

everest

Diseñador: Ian Winton
Ilustrador: Joanna Williams
Asesores: Pat Jackson, Professional Officer for School Nursing, The Community Practitioners´
and Health Visitors' Association. Rachel Hope BDS (Hons) MFDSRCSEd
Título original: *Why Must I Brush my Teeth?*
Traducción: María Nevares Domínguez

First published by Evans Brothers Limited.
2A Portman Mansions, Chiltern Strret, London W1U 6NR.
United Kingdom
Copyright © Evans Brothers Limited 2005
This edition published under licence from Evans Brothers Limited.
All rights reserved.
© EDITORIAL EVEREST, S. A.
Carretera León-La Coruña, km 5 - LEÓN
ISBN: 978-84-241-7880-2
Depósito legal: LE. 728-2007
Printed in Spain - Impreso en España
EDITORIAL EVERGRÁFICAS, S. L.
Carretera León-La Coruña, km 5
LEÓN (España)
Atención al cliente: 902 123 400
www.everest.es

Agradecimientos:
La autora y el editor agradecen el permiso para reproducir fotografías a: Corbis: p. 20 (Strauss/Curtis/
Corbis), p. 26 (Rolf Buderer/Corbis).
Fotografías de Chris Fairclough.

También agradecer a las siguientes personas su participación en el libro:
Alice Baldwin-Hay, lucy Boyd, Harry Hinton Boyd, Charlotte y William Cooper, la plantilla
y alumnos del colegio de primaria de Presteigne, Rachel Hope y al personal de Dental Practice,
Hay-on-Wye.

Contenidos

Por qué debo cepillarme

Los dientes sucios tienen un aspecto horrible y pueden causar dolor. El cepillado mantiene tus encías y dientes limpios y sanos.

Necesitas los dientes para comer y hablar. Intenta decir "d" sin poner la punta de la lengua contra tus dientes.

¿Cómo estarías sin dientes? No podrías morder la comida, ¡y mucho menos masticarla!

los primeros cepillos

Los cepillos con cerdas se inventaron en China hace alrededor de 500 años. Las cerdas eran de pelo de cerdo.

Si no te cepillas los dientes se te puede formar un agujero.
Los agujeros grandes te dan un gran dolor de muelas.

Cualquier agujerito puede hacer que te duelan los
dientes cuando comes algo muy caliente o frío.

Masticar y charlar son dos
buenas razones para tener
unos dientes sanos.

Los dientes sucios causan
mal aliento. A nadie le gusta
acercarse a una persona a quien
le huele mal el aliento: así que
¡saca tu cepillo de dientes!

5

El cepillado

Incluso el resto de comida más pequeño puede dañarte los dientes. Aquí tienes la mejor manera de mantenerlos muy limpios.

Abre la pasta de dientes. Aprieta suavemente el tubo para poner pasta en tu cepillo.
No necesitas mucha: sólo un montoncito pequeño.

Humedece tu cepillo con agua fría. Cepilla con suavidad la parte externa e interna de tus dientes, haciendo movimientos circulares con el cepillo.

Así es como deberías cepillarte los dientes de adelante.

Mueve el cepillo lentamente en círculos por todos tus dientes, hacia dentro y hacia fuera.

Después de los laterales, cepilla de adelante a atrás a lo largo de los bordes superiores e inferiores de tus dientes.

Hazlo con calma: intenta cepillarte tres minutos. Cuando acabes, escupe toda la pasta.

CONSEJOS

- **Límpiate los dientes tres veces al día, después de cada comida.**

- **Sé cuidadoso: no te frotes los dientes con mucha fuerza.**

- **Estrena cepillo de dientes cada dos o tres meses.**

- **Pide a un adulto que compruebe si te estás cepillando correctamente.**

No te olvides de limpiar tu cepillo cuando acabes.

Pasta de dientes

La pasta de dientes limpia tus dientes y les protege de gérmenes dañinos.

La mayoría de las pastas de dientes contienen pequeñas cantidades de una **sustancia química** llamada **flúor**. Ayuda a fortalecer y proteger tus dientes.

Hay muchos tipos de pasta de dientes, pero todas hacen el mismo trabajo.

El flúor se suele añadir al agua porque se sabe que protege los dientes.

Demasiado flúor es malo para ti, por eso usa sólo un poco de pasta de dientes, e intenta no tragártela mientras te cepillas.

CONSEJOS

- **Escupe toda la pasta tras el cepillado.**
- **Intenta limpiar los dientes después de cada comida.**

La pasta de dientes contiene un jabón espumoso, y un material como tiza triturada. La espuma elimina los **gérmenes** de los dientes y la tiza los frota quitando cualquier resto.

Enjuágate la boca con agua limpia después de cepillarte los dientes.

El hilo dental

El hilo dental es un hilo encerado que se usa para limpiar entre los dientes.

Pasarte el hilo dental es fácil, pero tienes que hacerlo con suavidad y cuidado.

Usa un trozo de hilo de unos 25 cm. de largo. Enrolla los extremos en los dedos corazón de cada mano, dejando un espacio libre de 9 cm. en el medio.

Tensa el hilo dental, e introdúcelo suavemente entre dos dientes. Saca y métrelo unas cuantas veces entre el diente y la encía.

Tensa el hilo dental entre tus dedos.

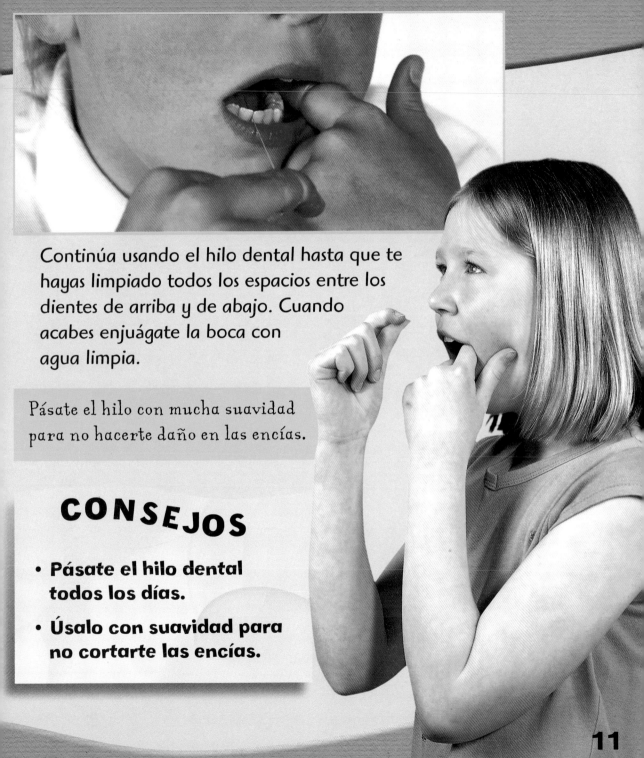

Continúa usando el hilo dental hasta que te hayas limpiado todos los espacios entre los dientes de arriba y de abajo. Cuando acabes enjuágate la boca con agua limpia.

Pásate el hilo con mucha suavidad para no hacerte daño en las encías.

CONSEJOS

- **Pásate el hilo dental todos los días.**
- **Úsalo con suavidad para no cortarte las encías.**

Cortar y masticar

Necesitas dientes fuertes para triturar la comida y así poder tragarla.

Mira el interior de tu boca. ¿Ves que tus dientes tienen formas diferentes? Cada forma está diseñada para un trabajo en concreto.

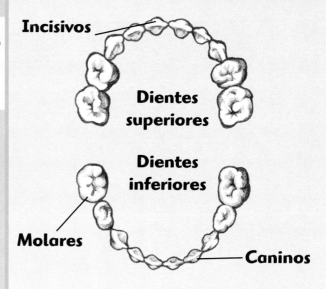

Incisivos

Dientes superiores

Dientes inferiores

Molares

Caninos

Este diagrama muestra los diferentes tipos de dientes que tienes en la boca.

Los cuatro dientes delanteros (dos arriba y dos abajo) son los **incisivos**. Su trabajo es cortar la comida.

Tus dientes delanteros tienen un borde afilado, recto y cortante.

12

¡Bocazas!

Seguro que crees que el animal más grande del mundo tiene los dientes más grandes del mundo. Pero la ballena azul ni siquiera tiene dientes. Filtra su comida a través de un enorme cepillo de flecos que también se llama ballena.

Los dientes puntiagudos que están al lado de tus incisivos se llaman **caninos**. Se usan para cortar y desgarrar.

Tus dientes traseros tienen la parte de arriba ancha y ondulada. Se llaman **molares**. Su función es moler la comida hasta que es tan pequeña que la puedes tragar.

Usas tus incisivos para morder la comida y tus molares para masticarla.

Usarías tus molares para moler esta ensalada deliciosa y crujiente.

¿Son duros los dientes?

Los dientes tienen tres capas. Son duros en el exterior pero suaves en el interior.

Así es el interior de un diente.

Las capas de **esmalte** y **dentina** del exterior de tus dientes funcionan como una armadura que protege la **pulpa** sensible que hay en el interior de tu diente.

La pulpa está llena de **vasos sanguíneos** y nervios. Los vasos sanguíneos alimentan el diente.

Esmalte.
¡El material más resistente de tu cuerpo!

Pulpa.
Suave y sensible.

Encía

Dentina.
No tan resistente como el esmalte, pero tan dura como el hueso.

Nervios y vasos sanguíneos.

Dientes fósiles
Como son tan resistentes, a menudo se descubren dientes de personas o animales que han muerto hace miles de años.

Protector bucal

Los nervios llevan mensajes a tu cerebro. Te dicen que el helado está frío, o que la sopa está muy caliente. También te indican cuando las cosas duelen, ¡como el dolor de muelas!

CONSEJOS

- **No te cepilles los dientes con brusquedad.**

- **No muerdas cosas duras.**

- **Ponte un protector bucal para practicar deportes de contacto.**

Si practicas deportes de contacto, debes usar un protector bucal.

El ataque de los gérmenes

Cuando los dientes no se cepillan bien, se forma sobre ellos una capa pegajosa llamada placa.

La **placa** es la casa de los gérmenes que atacan los dientes. Pertenecen a un grupo de gérmenes que se llaman **bacterias**.

Como todos los gérmenes, las bacterias son tan pequeñas que sólo se pueden ver con un **microscopio**.

La placa bacteriana se da un festín con los restos de comida que hay en tus dientes y encías. Mientras se alimentan producen un ácido tan agresivo que pudre el esmalte dental y le hace un agujero que se llama **caries**.

La caries

La placa bacteriana come restos de comida que hay en tus dientes.

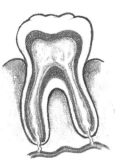

El ácido de las bacterias crea un pequeño agujero que se llama caries.

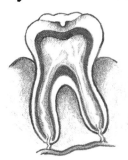

Si no se trata, la caries se va haciendo gradualmente más y más grande.

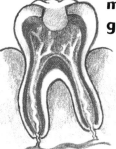

Con el tiempo, el ácido puede atravesar el esmalte y la dentina y llegar al fondo: hasta la pulpa.

Pasta egipcia

Cuando los antiguos egipcios se limpiaban los dientes hace 5 000 años, usaban un polvo hecho a base de cáscaras de huevo quemadas y cráneos de animales.

Cuando el agujero alcanza la pulpa, los nervios empiezan a enviar mensajes de dolor: tienes dolor de muelas.

Goloso

¿Te gustan los dulces? ¡A la placa bacteriana también! Usa el azúcar para crear el ácido que hace agujeros en tus dientes.

Los alimentos dulces incluyen pudín, pasteles, galletas y dulces. Cada vez que los comes se forman ácidos dañinos en tu boca.

En vez de comer dulces y galletas ¿por qué no pruebas fruta fresca o seca?

Las bebidas azucaradas y concentrados de fruta contienen mucha azúcar.

Algunos dulces son peores que otros. Los caramelos tardan mucho en deshacerse, por lo que dejan mucha azúcar en tus dientes.

El mejor momento para comer alimentos azucarados es después de la comida principal. Entonces la saliva en tu boca ayuda a llevarse el azúcar. El peor momento es entre comidas, como tentempié.

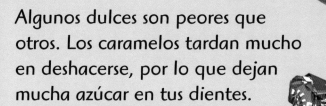

CONSEJOS

- La fruta es el mejor aperitivo.

- Intenta lavarte los dientes después comer dulces.

- Si no puedes, enjuágate la boca con agua.

Dientes que se mueven

¿Tus dientes se mueven? Los dientes de los bebés se mueven cuando se aflojan y preparan para caerse.

Sólo tienes dos juegos de dientes en tu vida. Los primeros se llaman dientes primarios. Se llaman así porque empiezan a aparecer cuando eres un bebé.

Los dientes de un bebé también se llaman dientes de leche, porque los bebés se alimentan sólo de leche.

El segundo juego de dientes se llama dientes permanentes. Los dientes permanentes empiezan a reemplazar a tus dientes primarios cuando tienes seis o siete años.

Los dientes permanentes pueden tardar un poquito en llenar los huecos de tu boca.

Los dientes permanentes tienen que durarte para siempre. Si se caen no te saldrán unos nuevos para reemplazarlos.

El ratón Pérez

¿Crees en el ratón Pérez? La historia puede venir de los tiempos vikingos, cuando se celebraba la caída de un diente de leche dando un regalo al niño.

Los últimos cuatro dientes en salir son las muelas del juicio, aunque no tengan nada que ver con la sensatez. Algunas personas nunca tendrán muelas del juicio, pero a otras les empiezan a salir al final de la adolescencia.

Sólo tienes 20 dientes primarios, pero 32 dientes permanentes.

Ir al dentista

Para mantener los dientes en perfectas condiciones, deberías visitar al dentista al menos dos veces al año.

Un adulto tiene que llamar al dentista para concertar una cita. Es decir, una hora concreta para que el dentista pueda atenderte.

La recepcionista del consultorio da las citas.

El día de tu cita, la recepcionista te saludará cuando llegues. Te sentarás en la sala de espera hasta que te toque el turno de entrar en la consulta. Generalmente hay libros y juguetes para que te entretengas mientras esperas.

CONSEJOS

- **Visita al dentista para una revisión cada seis meses.**

- **Cuida tus dientes entre visitas al dentista de forma apropiada.**

Te llamarán cuando el dentista esté listo para verte. La enfermera ayuda al dentista mientras te examina los dientes.

Debes llegar a la consulta a tiempo, o puedes perder la cita.

Taladrar y cubrir

El dentista tiene una silla especial que puede subir, bajar e inclinar hacia atrás.

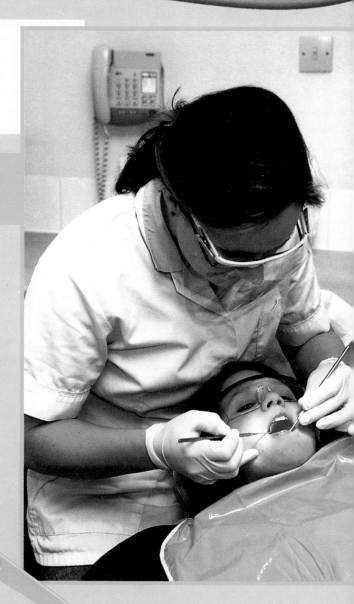

La luz brillante del dentista le ayuda a examinar tu boca.

El dentista necesita observar cada uno de tus dientes cuidadosamente. Si la placa bacteriana está haciendo agujeros en uno de tus dientes, puedes necesitar un **empaste** o resina.

El espejo con mango largo ayuda al dentista a examinar tus dientes.

ualquier pedacito de diente podrido
ene que ser limpiado con un pequeño
orno o taladro. Cuando el agujero está
mpio, el dentista lo rellenará con un
emento del mismo color de los dientes.

**La placa bacteriana ha hecho
un agujero en esta muela.**

**El dentista
usa un taladro
para limpiar
el agujero.**

El arreglo es casi invisible.

Los primeros dentistas

Los dentistas
especialmente
preparados sólo
existen desde hace
150 años. Antes,
los barberos no sólo
cortaban el pelo,
¡también trataban
los dolores de
muelas de la gente!

El empaste o resina
protegerá tus dientes
y hará que dejen de
dolerte. Pronto, ni
te acordarás de que
está ahí.

Aparato corrector

A veces los dientes permanentes crecen muy separados o muy juntos.

Si te pasa esto tendrías que ir a un dentista especial que se llama ortodoncista.

Los ortodoncistas usan aparatos para corregir la posición de los dientes. Un aparato está hecho de brackets y cable metálico muy fino.

Los brackets se fijan a los dientes, y se pasa un alambre por los brackets para mover suavemente los dientes hasta su posición correcta.

Cada boca y sus dientes son distintos, así que puedes necesitar un aparato unos pocos meses o un par de años.

26

Un aparato puede resultarte extraño al principio, pero te acostumbrarás pronto. No te preocupes: el aparato trabaja lenta y suavemente, así que no notarás como se mueven tus dientes.

Cuando el ortodoncista retire el aparato, ¡tendrás unos dientes maravillosos!

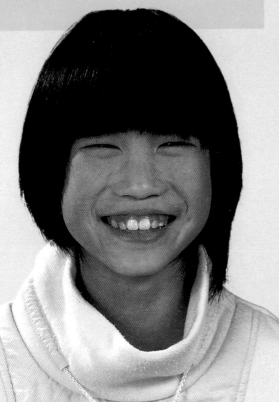

CONSEJOS

- **Los restos de comida se pegan al aparato: cepíllate los dientes tras cada comida.**

- **No comas chicle o caramelos con aparato.**

- **No tomes alimentos ni comidas azucaradas.**

- **Usa un enjuague bucal con flúor después de cepillarte.**

Cuando llevas aparato es más difícil tener los dientes limpios. Un enjuague bucal con flúor puede ayudarte a mantener los dientes y encías sanos.

27

¡Sonríe!

Los perros mueven la cola cuando están contentos de verte, los gatos ronronean y los humanos sonreímos.

Una sonrisa no es tan agradable si tus dientes están sucios. Los dientes limpios son bonitos, y más fuertes y sanos.

Sonreír es atractivo: ¿has notado como la gente te devuelve la sonrisa cuando les saludas sonriendo?

Los dientes limpios luchan mejor contra la placa bacteriana que está deseando hacerte un agujerito y ocasionarte dolor de muelas.

Los dientes fuertes y sanos tienen menos posibilidades de ser desgastados con el uso corriente.

¿Cuál es la mejor manera de mantener tus dientes limpios? ¡Cepillarlos y pasarte el hilo dental!

CONSEJOS

- **Cepíllate los dientes al menos tres veces al día.**

- **Pásate el hilo dental antes de irte a la cama.**

- **Visita al dentista cada seis meses.**

Glosario

Ácido

El ácido que provoca la placa que hace agujeros en los dientes.

Bacterias

Las bacterias son organismos pequeños y vivos que sólo pueden verse con un microscopio.

Caninos

Los dientes puntiagudos que están al lado de los incisivos.

Caries

El agujero que las bacterias hacen en tus dientes.

Cemento

Un material pastoso que usan los dentistas para rellenar los agujeros de tus dientes.

Dentina

La segunda capa de los dientes que está entre el esmalte y la pulpa.

Empaste

Un material duro que se usa para rellenar un agujero en un diente.

Esmalte

El revestimiento duro de la parte exterior de los dientes.

Encía

La piel firme, brillante y rosa que cubre tus mandíbulas y las raíces de los dientes.

Enjuague bucal

Un líquido que mata las bacterias y que se usa para mantener limpia la boca.

Flúor

Una sustancia química que se añade a la pasta de dientes y a los suministros de agua porque los científicos han averiguado que ayuda a combatir el deterioro de los dientes y las caries.

Germen

Un organismo vivo diminuto que provoca enfermedades.

Hilo dental

Un hilo fino y encerado que usas para limpiar los espacios que hay entre los dientes.

Incisivos

Tus dientes delanteros. Tienes dos en la mandíbula de arriba y dos en la de abajo.

Microscopio

Un aparato que usa lentes para aumentar la visión de los objetos.

Molares

Tus dientes de atrás, los que tienen la parte de arriba ancha y con ondulaciones.

Nervio

Los nervios llevan mensajes de cualquier parte del cuerpo a tu cerebro, contándole cosas acerca del calor, el frío o el dolor.

Ortodoncista

Un dentista especializado en el crecimiento recto y uniforme de los dientes.

Placa

Una película muy fina y pegajosa que se acumula en tus dientes si no los cepillas y pasas el hilo correctamente para mantenerlos limpios.

Pulpa

El material suave y sensible que está en el interior de los dientes.

Químicas

Sustancias que componen los materiales del mundo.

Resina

Un material duro que se usa para rellenar un agujero en un diente.

Saliva

Un líquido que produce tu boca y que ayuda a proteger los dientes al llevarse los restos de comida y gérmenes dañinos.

Vaso sanguíneo

Un tubo a través del cual circula la sangre.

Otros recursos

Páginas web

www.perio.org/consumer/children.sp.htm
Página internacional con lo más avanzado en temas buco-dentales.

www.cdc.gov/spanish/dental/index.htm
Página en español de la agencia gubernamental estadounidense
que abarca todo lo relacionado con la salud y la prevención
de enfermedades.

www.educacioninfantil.com
Portal de educación infantil, con artículos sobre todo lo que afecta a
la salud de los niños. Posibilidad de registrarse como usario y aportar
experiencias propias.

Bibliografía

¿Tienes hambre?, Colección NUESTRO CUERPO,
Anita Ganeri, Everest, 2004

Mi primer libro del cuerpo humano, Anita Ganeri,
Everest, 2005

Colección CUERPO Y MENTE, Janine Amos, Everest, 2003

Títulos de la colección

¿Por qué debo... lavarme los dientes?

¿Por qué debo... lavarme las manos?

¿Por qué debo... comer de forma saludable?

¿Por qué debo... hacer ejercicio?